中国诗人

李利军

著

时光胎记

GUANG●

TAI●

JI●

北方联合出版传媒（集团）股份有限公司

春风文艺出版社

·沈 阳·

图书在版编目（CIP）数据

时光胎记／李利军著. —沈阳：春风文艺出版社，
2019.2（2021.1重印）
（中国诗人）
ISBN 978－7－5313－5514－4

Ⅰ.①时… Ⅱ.①李… Ⅲ.①诗集—中国—当代
Ⅳ.①I227

中国版本图书馆CIP数据核字（2018）第301960号

北方联合出版传媒（集团）股份有限公司
春风文艺出版社出版发行
http://www.chunfengwenyi.com
沈阳市和平区十一纬路25号　邮编：110003
永清县晔盛亚胶印有限公司印刷

责任编辑：刘　维　　　　　　责任校对：于文慧
装帧设计：琥珀视觉　　　　　幅面尺寸：125mm × 195mm
印　　张：6　　　　　　　　　字　　数：110千字
版　　次：2019年2月第1版　　印　　次：2021年1月第2次
书　　号：ISBN 978-7-5313-5514 -4
定　　价：26.00元

总　序

　　中国是诗的国度。千百年来，人们沐浴在诗歌传统中，传诵着一代又一代诗人写就的经典之作。而伴随着现代社会和互联网的发展，信息的传播和接受更加便捷，诗歌的阅读与创作方式也在潜移默化中被改变，在信息量无限扩大的互联网世界，远离喧嚣、静赏诗意显得尤为珍贵。

　　中国诗歌网正是在这样的背景下应运而生。作为国家重点文化工程，中国诗歌网以建立"诗人家园，诗歌高地"为宗旨，迅速成为目前国内也是世界诗歌类互联网专业出版平台和中国诗坛最具权威性和影响力的文学阵地之一。

　　互联网时代诗歌创作的便捷激发了一大批诗歌爱好者与诗人的创作热情，他们在公交车上写诗，在工作间隙写诗，他们创作的诗歌作品贴近现实与生活，在追求好诗的道路上不断前进。春风文艺出版社有着久远的诗歌出版史,《朦胧诗选》和《汪国真诗词精选》曾一度畅销。近两年,春风文艺出版社一直致力于打造优质诗歌的品牌。本着推介中国当代诗人的原则,中国诗歌网与春风文艺出版社决定联合推荐出版"中国诗人"诗丛,共同打造"中国诗人"这一诗歌新品牌。该诗丛计划出版百部优秀诗集,在注重诗歌质量的同时,力求结合互联网与传统出版的优势,通过直观的文本呈现向读者介绍一批热爱诗歌、坚持诗歌创作的诗人,以期汇集中国当代诗歌优秀成果,展示当代诗人的创作实绩与创作风貌。

作为国家文化工程的中国诗歌网,推出"中国诗人"诗丛,也是在整个民族复兴的伟大进程中展示中国人崭新的精神风貌。因此,我们在百花齐放的诗坛,特别关注有家国情怀的厚重力作,提倡来自生活的独特发现,鼓励创新探索的艺术精品,推崇高雅纯真的诗情意趣。我们希望这套"中国诗人"丛书是体现诗坛正能量,能够引人向上、向善、向美的诗歌佳作。

我们满怀期待,我们也真诚希望广大诗人和诗歌爱好者关注这套诗丛,与诗同在,我们为此感到自豪和幸福。我们期待更多的诗人加入我们这套丛书,我们也期待这套丛书走进更多读者的心田!

叶延滨

2017 年中秋前夕于北京

目　录
CONTENTS

踏歌行

目　录
CONTENTS

目　　录
CONTENTS

目 录
CONTENTS

踏 歌 行

偌大的地球

其实是个小小的村落

不离不弃

我还是当初那只小小的鸟

你是我的依靠

是我一生温暖的巢

筑梦踏歌新时代（组诗）

迈入新时代

2017年10月，伟大的北京让世界瞩目、凝视
我们的领袖挥手向全世界宣布
——我们已经迈入了一个新的时代

我们，为祖国骄傲
祖国，使我们自豪

我们不会忘记
领袖的双脚，从来没有停下
踏遍千山万水，访遍千家万户
我们不会忘记
他热切的双眼，总是那么饱含深情
牵挂着每一寸山河，眷念着他热爱着的人民

八千多万人跟着他，撸起了袖子加油干
十三亿多人跟着他，激情豪迈昂首向前

新时代的壮阔画卷里

有我们每个人的身影

新时代的壮美诗篇里

有我们每个人的声音

我们是新时代的主人

迈开大步

我们筑梦踏歌而行

扬帆新征程

1921年，十三个中国人

举着马克思主义的火种

从上海到嘉兴红船，再到全中国

救中华民族于水深火热之中

一百年，我们就将实现全面小康

康庄大道上，十三亿多人

一个也不允许掉队

1949年，天安门城楼上

中国人民站起来了的豪迈宣告

依然响彻云霄

一百年，我们将变得富强

目光看着更远的远方

挺直腰杆再也不会弯曲

我们的名字呀，叫中华儿女

走在世界任何一个地方

我们脸上都写满自信

心里装满温暖的阳光

五千年，作为龙的传人

我们活得更加坦荡、舒畅

新的征程扬起新的风帆

我们紧握着锤头和镰刀

鲜艳的红旗在前方招展

我们策马扬鞭，驰骋在祖国无垠的草原

光荣的使命在胸中燃烧激荡

九天揽月，五洋捉鳖

伟大的梦想啊

指引着我们阔步向前

构建人类命运共同体

一带一路，联通世界
再高的山峰我们也要攀登
多宽的海洋也隔不开我们豪迈的热情

我们心中装着世界
共同发展，是我们向世界发出的深情呼唤
与邻为善，以邻为伴
融入中华民族的血液
是我们千年不变的情感

七十亿颗心
在同一个频率上跳动
七十亿双手
创造同一个伟大梦想

日月星辰哪，照耀着山川河流
风调雨顺哪，不会遗漏地球上任何一个地方

偌大的地球

其实是个小小的村落

鸡犬之声相闻

我们在同一片蓝天下

把根深深扎进泥土

地球，是我们人类共同的家园

在辽阔的大地上

我们怀揣着星星的梦想

2017年，在北京（组诗）

南锣鼓巷

想必，当初此巷的老居民
没有人想到此时我会来
我来时她早已繁华

即便是夜晚
窄窄的街道
依然水泄不通
南锣鼓巷
纷纷拥来的人
不为问你的前世
也不为问你的未来
只为此间这"热闹"二字
点燃了心灯
心是孤独的猎手

我跟着摩肩接踵的人流

无事可做，默默数着，一个，两个
男的，女的；老的，少的
中国的，外国的

北 京 站

我站在二楼候车大厅朝外看
站前广场
进站出站的人流
像一群群鱼
挤来挤去

敢问上天，哪一条鱼
可以预知自己的命运

乌鸦与喜鹊

住在国家气象局招待所
远离了尘嚣
清晨，乌鸦的叫声让我惊怵
好多年我不曾听到

在我的家乡，它是不祥之物

而后，又是一阵喳喳的声音
窗外，两只喜鹊
在枝头呢喃

住了几天，这样的场景
经常出现
我先是困惑，继而微笑

春天，我们出发

冰凌裂开了，大河滚动着春潮

憋了足足一个冬天

大河积蓄了无穷无尽的力量

看吧，河水急切流淌

裹挟着无数细碎的冰凌

水草舞动着腰肢

看那些水生的精灵

纷纷展示生命的律动

大河是新生的舞台

它们用欢快的表演

来向春天报到

听吧，冰块炸裂的声响

像无数个男人在呐喊

欢快而又急切

激昂而又绵长

那是向我们深切地召唤

就像父亲招呼我们下地干活

人勤地不懒

农时，耽误不起

燕子来了，蛰伏一冬的船队
停在大河岸边
翘首张望
目光里满是焦急和不安
就像母亲在夕阳里期待我们回家
快点回家，早点休息
养足精神，明天我们要出发
——去远方

啊，这滔滔的大河
啊，这雄壮的船队
这是我们的衣食父母
望着它们
我们的目光充满了热切
是的，我们早就准备好了
我们摩拳擦掌
热血激昂在我们的胸膛
激情像烈火一般
将我们的青春热烈地燃烧

我们是时代的纤夫
随时听候大河和船队的召唤

绳索勒进肩胛的肉里
汗水结成盐霜融入大地
疼痛是生活的盐
双脚扎根大地
就像大树必须扎根于泥土
脚踏实地，一步一个脚印
脚下，哪怕是石头
也要让它留下深深的印迹
意志，早已长成钢钎
深深插入石头
除了啪啪的脆响
还会开出鲜艳的花朵

我们奋力拉纤
低头
是为了让更多人能够仰望
让他们感受星空的深邃与浩瀚
我们俯下身子

身体如弓一样俯下

就是为了和泥土亲近

和泥土离得越近

我们越能感受大地蒸蒸日上的气息

前行！前行

前方

风吹稻花香两岸

幸福的花儿四处开放

前行！前行

前方

我们的生活充满阳光

幸福的歌呀，四处飘荡

美好的明天，是我们的期盼

勇往直前的信念

早已融进血液

像一万匹马

像一团团燃烧着的火焰

在我们血管里奔腾、激荡

前进！前进

我们是时代的纤夫

沿着河岸

一步一步走向远方

走向长江

走向大海

那里，有我们更多的梦想

时间里的张家界

原以为

张家界是老张家和别人家的地界

也许是和老李家

或者老王家

隔壁

一个地界

有啥好看

行走在张家界

感受自然

感受历史

感受人文

感受人性

美美与共

一边是陶醉

一边是震撼

一边是沉浸

一边是遐想

站在张家界

山不是山

水不像水

景，也不是你心中的景

空气

虚无却实在

时间静止却永恒

那山，驻进了心

那水，融入了心

那些生物，成了我身体的细胞

给我生命的力量

还有勇气

遇到的那个人，偷走了我的心哪

离开张家界

我挥一挥手

不带走一片云彩

只把心

留在张家界

就把张家界

留给世界

留给人类

留给地球

留给浩瀚的宇宙

把它，全部留给时间吧

上海，你是我温暖的巢

那一年
我像一只年轻的鸟
告别青涩，告别迷惘
从家乡飞到上海
筑巢

这些年
我喝着黄浦江的水
闻着上海的味道
伴着成长的上海舞蹈
汗水和泪水
是我成长的养料
风霜和雨雾
活着就必不可少
看着上海成长
我的梦想也在
长高，长高
生活如花一般妖娆

上海呀，上海

不论过多少年

我都与你不离不弃

我还是当初那只小小的鸟

你是我的依靠

是我一生温暖的巢

致敬门头沟（组诗）

一条不一样的沟

从春天到秋天

在北京城的西面

我步履匆匆

走在季节里

走在时间里

我无法走出一条沟

季节不断更迭

像一片片叶子

总找不出一模一样的两片让我迷醉

门头沟

名字最初的意义

没几个人懂

我步履匆匆

前面，高楼林立

街上是匆忙的脚步

后面，青山绿树

许多人平静地呼吸

走在北京繁华的大街上

对着一块招牌致敬

门头沟

让我的心灵得到宁静

潭 柘 寺

盛夏，青山叠翠

寒冬，遍野苍茫

伫立群山里

心无旁骛

你守着晨露

守住清风明月

远离红尘却没有远离众生

众生，对你顶礼膜拜

从西晋永嘉元年建寺

不经意

时间在你面前流转了逾千年

眼见王侯将相成泥成烟

眼前，只有清风伴明月

你双手合十

目光安详

背后龙潭龙吟隐隐

四周柘树沉静肃立

你喜欢众生叫你的名字

门头沟

潭柘寺

佛在寺中

寺在尘世众生的眼睛里

偶遇马致远

北京有个门头沟

门头沟有个王平古道

这里，韭菜像麦苗一样茂盛

韭菜除了开花

还会开出一片白花花的元曲

这里，泥土里埋着宝贝

许多人蹲下来

一个老者挖出一部《汉宫秋》

小心翼翼地擦拭着前朝往事

失恋的我，得到一滴《青衫泪》

泪光里，有谁的笑容

她，高考刚过，摸到一块《荐福碑》

烦恼全无，笑靥如花

那边，西落坡村头

西风紧，古道边

小桥流水人家

一位着古装捻须的老者骑着一匹瘦马

且行且吟

我们抬头仰望

他，自称来自元朝

他谦卑地说：不才，马致远

捉　蝉

有个精灵跟着夏至而来

过够了暗无天日的地下生活
蝉用大半生的代价
变更了身份证上的姓名
像一个五十岁的人
不管什么事
都如它的新名字一样
知了

一生中仅有这几十天可以歌声嘹亮
它们用自己独特的歌唱
诠释生命的辉煌与张扬
小时候，我们不知道蝉的身世艰辛
过了芒种我就等着它出洞

在我们那个乡下
蝉很听奶奶的话

每年都准时，从蜗居的洞里

小心翼翼地探出脑袋

可是命运，从来不会掌握在自己手里

有的侥幸爬上了树梢

在苦难中完成蜕变

变成一只自由飞翔的蝉

享受清风、晨露还有朝阳

成为森林歌唱家

有的却命运悲惨

一露脸就进入我们的囊中

成为舌尖鲜美的回忆

生态家园

我期待蓝天上白云朵朵

或晴空万里如碧染

明净通透，涤荡灵魂

心胸

也为之舒畅

可是

好久了

这，是一种奢望

忧愁，就长长地挂在我的心上

我渴望流过家乡的清清的河流

或有帆影点点

姜太公河边垂钓

西施岸下浣纱

张志和扁舟上浅唱《渔歌子》

河边的湿地

鸟儿嬉戏，鱼翔水底

可是

多少年了

这，只在梦中出现

忧伤，就久久地刻在我的脑海中

老百姓腰包鼓了

天蓝不蓝，水清不清

才是最大的关切

从此，奢望的不再是奢望

而后，梦想的就要实现

仰望深邃而又碧蓝如洗的天空

我对未来

充满了希望

有些存在让我们无话可说（组诗）

交 响 乐

两只耳朵显然不够用了

要长出一百只耳朵

才能接受这来自四面八方的天籁

来洗涤心灵的尘埃

让灵魂静下来，静下来

大珠小珠落玉盘

于无声处听惊雷

她窃窃私语

他大发雷霆

森林里一滴露珠藏着整个世界

一只鸟的鸣叫饱含着生命的情怀

月亮上有个怀春的姑娘

缠绵悱恻，忐忑徘徊

穿过所有的耳朵

让心灵感受

这声音的盛宴

遇见孔雀

上午，动物园的人找我办事

凑在耳边说

送你几个孔雀蛋，味道不错

孔雀蛋？我连连摆手

将惊讶和拒绝写在脸上

我不愿将美丽

打碎，或者煮熟

下午，带儿子去看孔雀

它开屏了

展示华美和独特

迈着儒雅的步履，脚下

几只家雀啄食

这里也是它们欢乐的主场

晚上，淮安大剧院

《雀之灵》如梦如幻

观众屏住了呼吸

惊艳，是唯一的感觉

她，舞者杨丽萍

比孔雀更像孔雀

她只将身体和思想

浓缩成一个字

灵

其余的，全部交给观众

小　丑

没有人不喜欢小丑

小丑在舞台上

把观众逗笑

假如小丑走进你的生活

那是你的不幸

小丑如果走上政治舞台

那是国家和民族的灾难

溪口行

——将军楠

1936年冬，将军总是做梦

断裂的，残缺的，带血的

一个火车站

一位老父亲

一个叫皇姑屯的地方

一堆炸药

轰

将军被炸醒了

他的脑子里是绵延不绝的江山

像一张揉碎了的画

闭上眼

铁蹄阵阵

踏在心上

刺刀霍霍

鲜血

滴在心上

断裂的，残缺的，带血的

无数个火车站

无数位老父亲

东三省，华北，全中国

轰——轰——轰

将军惊醒

从此，再难入眠

他把自己当成统帅了

指点江山

却不想

无限风光在险峰

自己只是别人的一颗棋子

只是一个小卒

过了河

就没有了退路

1937年春，雪窦山脚下

这片狭窄的国土

就成了他全部的江山

从此

国破山河在，城春草木深

都是别人的事了

他，只能

感时花溅泪，恨别鸟惊心

他，只是

一个被限制自由的人

还好，他可以栽树

存活两棵①

一棵是楠木

另一棵

还是楠木

2017年的春天

两棵楠木在风雨中站了数十年

迎来了周恩来家乡的我们

两棵楠木

依然刚毅坚韧

像他的主人

---

① 西安事变后，蒋介石开始幽禁张学良。蒋介石的老家溪口雪窦山为第一处幽禁地，张学良在此幽禁地不远的雪窦寺门前所栽的两棵楠木，至今傲然挺立。

扎根大地，高耸入云

我们只能仰望

用这样的姿势来表达

对它们主人的敬仰

两棵楠木

是两块无字的碑

一块是：西安事变

另一块是：千古功臣

西湖月色

不知何故，莫名其妙地
就说要分手

你说你要出远门
今生别再见
手机关机，QQ、微信寻不见踪迹
我叹气，这就是我们爱情的离殇
我也要出远门
掐断与外界联系的天线

不知道怎么的
就到了西湖
一湖的碧水
满眼的红尘人世
两行热泪滚出
白娘子呀，许仙

我不知道是不是巧合

今晚，西湖的月

照着断桥

照着断桥这头的我

也照着那头的你

在断桥的中间

我们合力

将法海推向水的中央

厦　门

厦门是个美丽的少女

总在花丛中翩翩起舞

偶尔停下来

不是拨弄琴弦

就是朗诵诗篇

她抚琴

月亮就坐在云顶岩上

安静地听

她那缀满鲜花和珍珠的长裙

蔓延至海边

月亮光着一双脚，旁边卧着一群白鹭

每只白鹭都是那么娴静

她读诗

远在天上的星星都听呆了

一个接一个落下来

成万家灯火

灿烂人间

汹涌而来的海风

见了她，忽然害羞起来

扯过漫天的云朵

遮住了脸

那些海鸟，那些精灵，那些小小的生命

围在她的身边

叽叽喳喳地鸣叫

也有了动人的旋律

厦门真的爱美呀

她把自己打扮得花枝招展

从陆地上纷至沓来的人哪

来了，就对她深深迷恋

叹口气，又叹口气

挥挥手，再挥挥手

作别彼岸熟悉的风景

来到厦门，我就爱上了厦门

爱她的花团锦簇，爱她的善良淳朴

爱她的清新，爱她的朝气蓬勃

爱她一望无际湛蓝的海

爱她朵朵鲜艳的花

我爱鼓浪屿——厦门头顶的花冠
清凉的月光下
我爱坐在日光岩上
眺望被浅浅海峡隔着的
宝岛台湾

我爱厦门的两棵树
两棵伟岸的橡树
和橡树上方蔚蓝的天空

鼓 浪 屿

啊，鼓浪屿

王母娘娘的一颗明珠

遗落在东海

带来天上的仙乐

带着诗仙李白的诗篇

海风从四面围过来

轻轻吹拂着你的面颊

像吹奏着美妙的乐章

仙音缭绕，终日不绝

所有海鸟

都眷顾你

叽叽喳喳的声音

颇似一群少女在朗诵着诗篇

所有鲜花

都为你而开放

哪有一朵比得上你端庄秀丽

成群的鱼儿围过来

陶醉在你的脚下

不舍，不舍

啊，鼓浪屿

你是厦门放出的一只仕女风筝

你的茂密的长发

月光照耀下你明媚清秀的面容

你的腹有诗书气自华

叫我欲罢不能

又让我欲言又止

怕惊扰了你

哦

想了又想

还是，算了吧

云 水 谣

曾经看过一场电影
片名就是你的名字

凄美不能如愿的爱情
像一块残缺的翡翠
又像一滴无语的烛泪
更像一场接一场时梦时醒的睡眠

云——水——谣
三个诗意的汉字
我把它们装进记忆里

来看你
从电影里走进生活中的你
我要感谢飞机和高铁的便利
淮安—厦门—南靖—云水谣
远隔几千里
却可以朝发夕至

你的青山绿水，你的小家碧玉
怎不叫人痴迷

一条流动着的小溪
里面有许多欢快调皮的小鱼
几棵百年的榕树
在夕阳里把小溪当成镜子
从容地梳妆
白云，一大团一大团的白云
把碧蓝的天空当作舞台
为世人
表演一场如梦如幻的舞蹈

坐在水车旁，榕树下，小溪边
我要怎样来形容你
脑海里有成千上万的词语
此时，只要一个就够了
那就是——从容

可是，纷至沓来的游人
包括我

惊扰你了吧

啊，云水谣
我要早点结束我的行程
云水谣—南靖—厦门—淮安
原路返回
虽然不舍，我还是要离开你
只把你留在记忆里

西顺河牡丹园记（组诗）

牡 丹 亭

我穿越千年的目光

披一袭月色

怀一腔诗情

近了，近了，近了

只为羞答答道一声

奴在这亭外等你太久了

花 讯

一团团彩蝶扑面而来

掠过菏泽

拂过洛阳

匆匆，匆匆

西顺河牡丹的花讯

这浓情，捕获了谁的芳心

绽　放

此情在心孕育成蕊

只等时光

只等春风

国色天香，富贵妖娆

你若不来

都是一场春梦

湖滨牡丹

你来，或不来

在大湖之滨

我都忘情怒放

因为我爱这里的每一个春天

黑　牡　丹

一滴泪

在心里埋藏了千年

这旷世的爱

因恨而绵长

我只是一株牡丹

在黑夜里把你爱个透彻

春到淮上

我们的梦里长着一株梅

我们的心里常常怀念你

高耸入云，以佛的姿态被人们仰望

你却放下自己，在里运河成倒影

方便人们俯视

风说，你还是你，你在那里

致敬一株梅

——献给周恩来总理诞辰一百二十周年

我们的梦里长着一株梅
我们的心里常常怀念你

淮安，清江浦，西长街
那个书声琅琅的小院
你童年植下的梅
留着你的体温
有着你的笑容
一百年庭院深深
梅花的幽香岁岁年年

看到这株梅
就会想起亲切的你
想起和蔼的你
就去看看这株梅

历久弥香的梅

是你留在故乡的一个挂念

坚忍的梅，傲雪的梅，绽放的梅

时空里永恒

岁月里留香

她，静好如初，枝叶茂盛

梅是你留在家乡的一粒纽扣吧

你牵挂着你的人民

也牵挂着故乡

故乡人民更时刻惦记着你

把纽扣牢牢地扣紧

年年岁岁梅花怒放

你的笑容

就像这花香留在家乡

大江歌罢掉头东

十二岁，你挥手告别梅

收拾旧山河的壮志召唤着你

你是故乡的赤子

一百二十岁，梅在家乡翘望着你

目光里满含着深情

满腔的话语要向你倾诉

致敬这株梅
根扎故乡
香飘千万里
大爱，在人间

我恨不得长出一百根手指

爱人在给我剪指甲

夕阳的余晖

鸦雀返巢

牧童的短笛

小草的芳香

还有清风

幸福了我们的眼

我们依偎在草地上

感受彼此的心跳

闭着眼睛

她的长发

撩着我的耳垂

捧我的手入怀

心是那么细

目不转睛

为我剪指甲

我的心

是醉了呀

醉在这柔柔的春风中

爱人哪

我恨不得长出一百根手指

每根手指

都长着长长的指甲

等你来剪

剪着剪着

我们便老在了一起

草木生情（组诗）

茶　叶

还好，你倒了杯水给我

玻璃杯里

茶叶翻滚

似乎在争论什么

又想告诉我什么

然后就安静了

一片挨着一片

一句话接着一句话

你的表态

冲开了我心里的茶叶

翻滚，挣扎，困惑，屈辱

我摔碎那只玻璃杯

一地的茶叶

像一地的眼睛

怔怔地望着我

而玻璃碎片

正割伤着我

我只能破门而出

留下汪洋一样的泪水

给那一地的眼睛

除此，别无选择

木　耳

春风和树枝说情话

几片叶子在捣乱

树枝一着急

掉了下来

躺在地上

离春风太远

树枝还想听听春风的情话

于是，长出一身的耳朵

它听清楚了，春风说

耳朵再多，也装不下一颗心

狗尾巴草

一岁一枯荣
在野外
狗尾巴草自生自灭
从没想到有人会眷顾

一次踏青
女友采了其中几根
编成一只小小的哈巴狗
趴在我的书桌
这草编的哈巴狗
虽然有我们眷顾呵护
但它却失去了春天

有雨的夜晚
想起以往的自由
我常常听到，这只哈巴狗
发出一声声叹息

屋顶的那棵树

一棵柳树

长在屋顶

每次路过健康东路

我都会钦佩地看它一眼

是风的杰作

还是鸟的调皮

都不重要了

我只知道，它比别的树

更独特

当然，也更孤独

向 日 葵

从清晨到日落

每天追随着太阳的方向

身体笔直

态度诚恳

向日葵

只对真理膜拜

只对知识追寻

只对光明敬礼

直到有一天

头颅里装满了学问

这才低下头

一直到倒下

都低着头

保持谦卑的姿势

年　轮

你还在犹豫吗
可是亲爱的
我等得了你
时间等得了我吗
它是长脚的
那些脚长在夸父的身上
不停地奔跑

亲爱的
我真的想等你
可是岁月老了
老到动不了了
只能蹲在墙角
有一口没一口地吐着烟圈

亲爱的，我要告诉你
我只是其中一个烟圈
住在时间里

劈柴，生火，淘米

喝酒，散步，采菊

偶尔还会想到你

你的笑

你的容颜

包括你湿漉漉的忧伤

这个时候

我就会将岁月倒进酒里

把时间和你都当成一碟下酒菜

慢慢地

品尝

里运河畔（组诗）

里 运 河

我站在十四楼朝窗外看
里运河在奔跑
她说，是水在跑，是风在跑，是人在跑
里运河，动也没动

清江浦楼

像一粒种子被风吹过来
你在中洲岛扎了根
别不好意思，要相信时间
它会使你慢慢变成真迹

国 师 塔

高耸入云，以佛的姿态被人们仰望
你却放下自己，在里运河成倒影

方便人们俯视

风说，你还是你，你在那里

御 码 头

皇上驾到

百姓回避，官员肃静

曾经器宇轩昂不可一世的御码头

如今，只留下几级长着青苔的石阶

废墟里开着一朵新娘花

那一刻

2008年5月12日

下午2时28分

地动山摇

地球母亲打了个哈欠

把我的幸福、我的喜悦

我的一切

都吹得无影无踪

那天，是我出嫁的喜日

作为一个女孩

最后一次打量将成为娘家的家

我的目光

有点羞涩，有点贪婪

我留恋我的父母、我的兄弟

留恋住了二十二年的闺房

再见了，养育我的爹娘

再见了，我手足情长的弟兄

再见了，给我太多美梦的闺房

我娇羞地等待着情郎

一种新的生活

正在我的眼前舒展

可是，巨大的灾难

八级的大地震

恶魔一样降临人间

我的汶川我的家

还有我的闺房我的梦想

瞬间，夷为平地

一切来得太快

甚至

来不及想到死亡的恐怖

只有巨大的疼痛

像是最后一个记忆

留给人间

我醒来的时候

发现一线光明

一线光明就是无穷的希望

一个希望就给了我无穷的勇气

腿被压断了

身体被压住了

幸好，左手还属于我自己

我看到胸前的新娘红花

泪水，不停地流

血水，不停地流

我渴望活着

我想见到我心中的他

艰难地伸出手

我吃力地挖

让梦想长上翅膀

挖开生命通道

挖开希望通道

纤细柔嫩的手指被磨破了

鲜血洇了开来

信心，却愈加坚强

生的渴望也愈加强烈

手伸到废墟外

手里长着一朵鲜艳的新娘花

新娘花

一朵娇艳的新娘花

开在废墟里

开在救灾的解放军战士眼睛里

我的淮安（组诗）

第一章：水韵淮安——老乡

在那蓝蓝的天上

风筝高高飘扬

风筝飘在天上

总也离不开那牵着的线

就像我们的老乡

无论走得多远

始终对故乡怀恋

在那静静的村庄

袅袅升起炊烟

炊烟慢慢消散

总也散不掉家的味道

就像我们的老乡

无论离得再远

从不把家乡遗忘

啊，老乡，我们的老乡

淮安时刻把你们挂念

第二章：水舞淮安——春到清江浦

春到清江浦，满城花锦簇

里运河里画舫游

那漂亮的讲解员是邻家的二妞

有轨电车在花海里穿梭

外地游客连连说酷

那开车的小伙

细看，原来是大舅家的牛牛

春到清江浦，人人在忙碌

物流四通八达

忙坏了送快递的小伙

商贸、旅游、工业齐头并进

各类人才纷纷眷顾

这大美的清江浦

正舒展着美好明天的华彩锦绣

第三章：水美淮安——荷叶田田，芦花片片

荷叶田田，蜻蜓流连

在那荷荡的深处

有我心爱的姑娘

她在采摘红菱

我在看她的笑脸

她抬头望见了我

所有的荷花

都羞得转过了脸

芦花片片，蝴蝶留恋

在那芦荡的深处

有我可爱的姑娘

她在采撷爱情

我在看她的模样

她转身望见了我

满地的芦花

都成了她的伴娘

尾声：击水扬帆

淮安美呀淮安美，美就美在淮安的水

四河穿城润城乡

京杭盐河波连着波

人杰地灵伟人出

物华天宝惹人醉

啊，我的淮安

古今胜迹处处留哇

只争朝夕，我辈奋勇击淮水

淮安美呀淮安美，美就美在淮安的水

双湖相望佑淮安

洪泽白马浪连着浪

千帆竞发济江海

湖鲜水产味鲜美

啊，我的淮安

乘风破浪正当时呀

崛起江淮，我们乘势扬帆击水

春到淮上

纤手弹破桃花的笑

蝴蝶飞上里运河岸官员的帽

柳树嫩芽像婴儿的眼

梨花的白让她忍不住炫耀

白马湖的樱花跑到楚秀园选美

樱花园里樱花一听慌得闪了腰

铁山寺的老藤上云雀闹

啊，淮安的春天

谁在这花海里喧闹

荷花回眸闪亮鱼的眼

荡里的浮萍停下追逐的脚

素手添香媚倒了清晏园读书的公子

读书处的一品梅在寒风里傲

五岛湖的鹭影像情人的眉

勺湖的塔影弯成了树梢的月

漂母她翘首将谁期期地望

啊，淮安这春天

谁在等待谁的来到

护士，上帝的女儿

我记得你
是因为一次住院
我将生病的身体
交给医院
也交给了你

康复出院时
我的肉体和心灵
因为你们，也因为你
得到温情的慰藉
你忙前忙后的身影
还铭记在我的脑际
你体贴入微的服务
在我心里留下温暖的回忆

我记得你
因为你是护士
在我遭受疾病折磨而烦躁沮丧时

你用微笑、耐心和细致周到的护理

为我驱散了心头的阴云

我记得你

因为你是护士

我的身体遭受伤害时

心理也受到沉重的打击

是你

用爱心

帮我树起生活的勇气

你的眼里

总是蓄着浓浓的爱意

你温暖细腻的双手

总是倾注着无限的真诚与关心

这是人间最好的良药哇

抚平病人肉体苦疾

和创伤的心灵

亲爱的护士呀

你就像母亲

在我因疾病痛苦陷入人生低谷时

呵护我

疼爱我

引导我要积极地面对生活

人生的路

还要继续向前！向前！向前

你是南丁格尔的化身

更多了东方母爱的印记

亲爱的护士呀

你还像姐姐一样

在我身患疾病时

嘘寒问暖

热切关心

你的眼神告诉我

你生怕我有个三长两短

恨不得自己

替我分担疾病

承受痛苦

忍受劫难

遭受不幸

让弟弟健康快乐地成长

迎接每天升起的太阳

亲爱的护士呀

你又像妻子

为了丈夫的健康

为了老人安度晚年

为了孩子快乐成长

为了完整的家庭

你坚守工作岗位

任劳任怨

日夜护理

抚慰受伤的身体和心灵

却唯独忘了你自己

可爱的护士呀

你更像我的女儿

在我住院时

端茶倒水

体贴照应

昼夜不离

我凄凉困苦的心头

再也忍不住

流下了热切的泪水

从此呀

我已灰暗的心

有了对明天的崭新希冀

然而

此时此刻呀

我更想说

亲爱的护士呀

你最应该是上帝的女儿

我想

如果有上帝

上帝定会知道人间有疾病的痛苦

他一定会派你

将它们驱逐殆尽

我想，可爱的你

临走的时候

一定会随手

从上帝的花园里

摘下一颗爱心

带到人间

用它

照亮并温暖每一个病人的

心灵

父亲蹲在稻田边

父亲插完秧苗

直了直腰

水像绸缎一样流进稻田

从没有经历过冬天

水稻不会冷若冰霜

它们精神饱满热情高涨

把根须一根根向着泥土扎牢

昂首挺胸

向上迎着太阳顽强生长

蹲在田头看绿油油的秧苗

父亲心里全是黄灿灿的成熟水稻

满眼白花花的大米饭

诱人的味道让父亲喉结上下游动

水稻水稻，你要快快长

今晚，我就开始磨镰刀

等着八月收割

我家的小黄狗趴在田头

伸着舌头

讨好地望着它的主人

脸上好像也带着微笑

杂　感（组诗）

玻　璃

挡住声音，挡住冷暖
挡住爱人的温度和心跳
我发誓打碎你
宁愿被你刺出殷红的血

浴　巾

蓝的，粉的，梦一样的
在浴室，在卧室
慵懒地裹着你的身体
对镜叹气，我还不如一条浴巾

柳　树　湾

张发善，这个孤独的老头
其实，他讨厌孤独

在废黄河滩拼命地种树、栽树、育树

将柳树湾这一地的喧闹留在了身后

安静与热闹

有的人喜欢热闹

有的人喜欢安静

喜欢热闹的人随时去寻找和制造热闹

喜欢安静的人只把热闹关在窗外

小 酒 馆

三两个知己

四五个特色小菜

每人也就七八两小酒

在热闹的小酒馆，说完一生的话

菜 场

鲜活的鱼虾

水灵灵的萝卜、青菜

小贩蘸着口水一张张地数着钞票

明天，这些钞票将会去到哪里

老　时　光

再冷的严寒

也冻不住大地上的勃勃生机

小满是个十六七岁的少女

乳房显山露水，日渐丰满

秋天很快就会到来

你只能用饱满的果实来证明你自己

春 之 谣（六首）

立 春

噼——噼——啪——啪——

鞭炮的脆响

惊走了我的梦

这是我回到老家的第二天清晨

母亲告诉我

二顺娶媳妇了

二顺娶媳妇啦

这个老光棍

是我儿时的好伙伴

浪荡多年

终于走入了婚姻的殿堂

祝福他，也祝福天下所有人

在春天里

幸福快乐健康地生长

春天从泥土里冒出来

太阳的温暖是对大地的奖赏

大好河山，春光明媚

柳树芽眨一下眼睛

几只鸭子在池塘里追逐嬉戏

赶路的汉子敞开了怀

年轻的农妇蹲在屋檐下

哺育娇儿，伸手一掏

一只乳房白鸽一样蹿了出来

另一只蠢蠢欲动

乍暖还寒

爷爷抄着手蹲在田垄上

看着麦苗

哺乳妇人

抬头望一眼太阳

摸一下额头

鸭子被一个小孩惊起

水塘里一阵热闹

小孩拍手哈哈地笑

青青的麦田

和风拂过

麦浪翻滚

有个老农

蹲在田头抽烟

好半天，一动不动

旁边一个孩童

捧着书，摇头晃脑地读

人们远远地看

爷爷和我

像一根冒出新芽的老木桩

哦，风调雨顺
哦，万物生长

雨　水

江淮大地真的渴了

渴得忘了春寒料峭

一望无际的田野

每一株麦子都耷拉着脑袋

爷爷和奶奶站在麦田边

忧郁是他们唯一的表情

父亲母亲赶集归来

陪着他们一起忧郁

爷爷倚在床头抽烟

下半夜时忽然竖起了耳朵

他听到窗外春雨在喊他

他听到院子里成群的春雨在叫他

呼啦一下就跳到了院子里

他碰到唐朝的杜甫

老哥俩手挽着手，一起唱——

"好雨知时节，当春乃发生"

不过，爷爷的声音

明显带着苏北口音

"随风潜入夜，润物细无声"

惊　蛰

一声春雷

唤醒大地

唤醒生命

那些小小的生命

睡了一冬

忽而被一抹绿色晃醒

伸伸腿，弯弯腰

吸一口早春新鲜的空气

惊蛰，惊出这些小小生命的感动

春风会唤醒所有的生命

哪怕小如一粒尘埃

哪怕柔似一缕和风

春风都会给他们一个舞台

春 分

此刻，春分，田野稍有寒意

大地被团团绿意笼罩

几个小姑娘——我亲爱的侄女

携手来到田间地头

奶奶教会了她们认识野菜

荠菜，蒲公英，菊花脑

它们探头探脑

带着泥土的腥味

听着名字，嘴里就会泛出清香

侄女们像一群刚出壳的小鸡崽

叽叽喳喳

散落，又聚齐

如一群小蜜蜂一样忙碌

苏北，我可爱的老家

在这辽阔大地

杨柳吐出新芽，在风中快乐摇曳

像新娘娇羞地梳理长发

草长莺飞

碧绿的小麦暗暗比赛

看谁的节拔得高

油菜嫩嫩的枝条上

黄花娇羞地开放，清香袭人

我的侄女们

在一望无际的田野里

和大地上的植物

一起生长

清　明

先人们，你们安静地睡吧

睡在田野里

睡在庄稼的梦里

好好做你们自己的梦

旁边的麦苗

绿油油的，长势喜人

今年又是丰收年

以前我每年跟着父亲

给你们敬酒、烧纸、磕头

把你们的屋修好

拔去去年以来新长的野草

我看着爷爷为他父亲栽的那棵柏树

慢慢长高

那是你们的天线

用来接收阳光、雨露、信息

它的每一片叶子都是你们张望的眼睛

看着你们生前没有看够的尘世

看着露珠汇集成春雨浇灌大地

看着我们成长

后来父亲老了

我就带着儿子来看你们

延续着父亲的形式

敬酒，烧纸，磕头

后来我也老了

儿子带着他自己的孩子去给你们扫墓

可是墓已经平了

儿子生在农村

却在城里读过博士

他带着自己的孩子

来到一望无际的麦田

他不烧纸，也没磕头

只是献上鲜花，对他孩子说

孩子，你要永远记住

这广袤的土地

每一寸都埋着我们的先人

这养育我们的土地

这土地上的庄稼

哪怕每一棵小麦

都是我们的先人

谷　雨

我不想现在就开放

我没准备好

虽然从去年冬天就开始准备了

严寒冷酷

还有无情岁月这把刀

刻着我冰凌般的骨头

删除，删除

再没有一点多余

梦被压缩成浆汁

浇灌谷雨这个季节

遍野的庄稼

化不开这黑黑的夜

整个冬天我都在孕育

直到柳枝吐出新芽

鸭子戏水的样子有点幼稚吧

蝌蚪摆动着细长的尾巴

我看在眼里

还没有开放的打算

不是我，而是你

等不及了

手里捧着春风

眼里灌着春风

心里装着春风

春风是个浪荡的情人

你憋不住了

眼睛里有两个小童

替你读着诗

热切地望着我

我还有什么办法呢

可是

你可不能怪我

开得太突然了吧

夏 之 讯 (六首)

立 夏

春风忽然停下脚步
被一片绿油油的麦田打动

麦苗葱茏生动，使劲生长
努力向世界展示自己的青春

一株小麦微不足道
一块麦田足以叫人感动
而在我的江淮平原
沃野千里，麦浪翻滚

这些庄稼生长的气息
这些新鲜泥土的味道
春风当然也会被感动
立夏，是挡在春风面前的玉门关

我和爷爷去麦田锄草

我跟不上爷爷的脚步

追起几只鹅疯跑

它们抖落的羽毛

是渐渐而来的夏天的使者

我想把它们编成漂亮的花环

套在夏天的脖颈上

使她美丽而生动

小 满

小满是个十六七岁的少女

乳房显山露水，日渐丰满

小满哪，你要健康快乐地生长

你的未来，承载人类的希望

城里人，农民，渔夫

所有人哪

我们都要勤快些

认真做事，辛苦劳作

来，我们祈祷吧

双手合十，心中默念

风调雨顺，国泰民安

愿小满的梦

和她对未来的憧憬

按部就班

小满，你好好长大

你是人类的希望

芒　种

从南到北

以风的速度

以火的温度

辽阔的大地上

到处传递着小麦成熟的讯息

成熟的小麦

这些刚生产过的妇人

乳房饱满，乳汁丰沛

她们疼爱地抚摸脚下的泥土

几十亿个孩子

嗷嗷待哺

爱是催人奋进的力量

中国馒头，意大利面条

法国面包，非洲的面糊

她们要尽快

以这样的形式出现，融入他们的

血液、骨骼、肌肉

农人，准备好镰刀

带上从城里赶回来的

丈夫、儿子、女儿

带上所有的亲人

快些来麦田

一刻也不要停歇

布谷鸟半夜就起来了

从这块麦田飞到那块麦田

从这个村庄飞到那个村庄

不停地催促——

"阿公阿婆，收麦割禾"

夏　至

夏天不会真到这天才来

淮安其实没有春天

刚脱掉冬衣

夏天就来了

它等不到日历上写着的那一天

这个季节是青蛙的舞台

它们忙着交配

呱呱，呱呱呱

这是它们催情的战鼓

透着生命的律动

隐藏着遗传基因的密码

啊，这生生不息的执着

啊，这绵绵不绝的繁衍冲动

总会让我浮想联翩

总是让我热泪盈眶

我居住的小区

有个篮球场大的景观池塘

也被青蛙霸占

总是蛙鸣阵阵响彻长空

自傍晚至子夜

天上的月儿有些好奇

刚一露脸

就被这强大的阵势震落池塘

弄碎这一池沉睡着的水

水银一样晃动

月光下

这满池的蝌蚪

都是青蛙无数的子嗣

雨点，悄然而来

一滴，两滴，三滴

啊，这来之不易的琼浆

总会叫所有生命感动

小 暑

一年中最热的时候即将来到

大地寂静

泥土在做深呼吸

农作物们血脉贲张

在大地上撒欢

处在青春期的它们

荷尔蒙向外喷射

用最青春的姿态

向世界展示自己生命的独特

它们亭亭玉立

它们青枝绿叶

它们将花朵伸向异性

将细长的手臂挽着爱情

用浑身的香味向第三者发起进攻

空气中弥漫着挑逗的信息

它们控制不住自己的身体

疯狂地生长

我父亲带着我母亲

天没亮就来到大田

他们也有过青春期

有过在我爷爷奶奶和外公外婆管束中

度过的青春期

他们把庄稼当成自己的孩子

锄草，喷药，打枝

松土，修枝，掐头

没有不受限制的自由

也没有不被控制的青春期

孩子们哪，我要你们健康成长

秋天很快就会到来

你只能用饱满的果实来证明你自己

大　暑

土地往外冒着热气

那里曾留着

我的祖先、我的爷爷、我的父亲殷红的血

他们在田地里劳作

身体成一块燃烧的焦炭

大汗如雨

来不及滴落地面

就被蒸发成烟

所有的庄稼都有些羞愧

不能再贪玩了

我们快长吧

玉米，把农人的汗水装进苞衣里

长成一排排整齐的米牙，璀璨透明

水稻把农人的辛勤装进心里

成一颗颗珍珠，像老蚌一样孕育

棉花赶紧收起自己假模假样的花朵

日夜不停地加工一朵朵白云

土豆把身子青翠地展现在大地上

把感激埋在泥土里，长成一窝金蛋

留给农人去分享

就连远处的高粱，也羞红了脸庞

细数自己的颗粒

荷塘里荷花太妖娆

蜻蜓已经不好意思停在上面
晚饭后，我奶奶为我爷爷摇着蒲扇
悄悄告诉我爷爷
小儿媳又怀上了

爷爷一言不发
瘪着嘴抽旱烟

秋 之 诵（六首）

立 秋

你可以看轻一个人
别小看一片梧桐树叶

只有它先从树干上探出嫩芽
春天才能染绿江南
一片梧桐树叶带来整个春天

这片叶子也是最先从梧桐树上落下来
那绵绵的秋雨
是这片叶子用毕生的力量
表达对春天的怀念

古时的梧桐叶
不敢随便落下
要等太史官向皇帝奏报："秋来了！"
才可应声落下

一片，两片

一叶知秋
秋天，是从第一片梧桐树叶落地开始算起
当你明白时
已经迟了
层林尽染，万木霜天
那是后来的事情

处　暑

那个到洪泽湖畔写生的画家
是个酒鬼
昨晚又喝多了
只用一种颜料
借着酒劲
在大地上任性挥洒

不管是向日葵、玉米，
还是高粱、大豆、树叶
所有色彩

一律黄得艳俗

让人不敢睁眼

扔掉画笔，画家竖起衣领

面对着浩渺的大湖

哦，秋风正凉，秋风正凉

他点一支烟

他看到了镰刀

闻到了水稻的清香

白　露

1

春哪，夏呀

再见了吧

前几天开在院子篱笆上的一朵花

今晨，打了个喷嚏

来不及擦去的花蕊里的泪水

是对你们的思念吧

春的芬芳，夏的热烈

都别了吧

明年你们依旧会来

这里还会开着同样的花

可那却不是这一朵

2

灼热的大地

此时开始学着冷静

秋大人

威严地巡视

带着一阵紧似一阵的寒意

泥土上的水汽

第一次不是雨水的功绩

热蔫了的庄稼

长长地喘口气

白露

设一个让人伤感的宴会

为地里这些将要成熟的庄稼送行

3

堂屋梁上
燕子一家叽叽喳喳
在商量着
怎样对主人家表示感谢

哦，我家的燕子呀
你们是奢侈的
南方和北方各有一个家
随着气候的变化
你们就要南下了
你们没有高铁
没有飞机
只有一双翅膀
路途遥远
你们且行且珍惜呀

明年春上
我家一定还会洒扫庭院
敞开大门

欢迎你们回家

秋 分

秋分伸出一双温柔之手

一只哄走秋老虎

一只送来凉爽

将秋天一分为二

江淮大地，秋高气爽

丰收后的土地

像刚哺乳过的母亲

敞开怀

裸露着乳房

散发出乳香

吸引我们一群孩子

和散落的羊一起

捡拾着遗漏的粮食

玉米、大豆、花生、山芋

一粒一粒，一块一块

这都是母亲的乳汁

这都是大地的馈赠

我们要好好珍惜

它们将帮助我们成长

营养我们的血液和骨骼

傍晚，我们带着粮食回家

交给父母，父母心生欢喜

忙碌之余，意外之喜

我们喜欢秋天

在丰收后的土地上

跟在大人们身后

我们闻着土地的芬芳

我们快乐寻找

不会放弃一粒粮食

每一粒

都值得我们珍惜

寒　露

寒露是慢慢逼近的

待到相逢时

湿湿的寒气

连天上的云彩都受不了

一团一团掉下来

掉到我们生产队的棉花地里

队长一声令下

全队的人都来抢棉花

一朵一朵的棉花

装进包里

送到棉花站

送到全国各地

它们是全国人民过冬的新衣

每年这个时节

庄上都要打鱼

打鱼，大人像表演一样忙碌

孩子们热热闹闹看节目

我们围在鱼塘边

像活蹦乱跳的一群鱼

眼看水就要抽干

平时那些不上钩的家伙

原来都躲在这里

乱蹦乱跳，无处可逃

我们大呼小叫

心生欢喜

大人们脸上、头上、手上

全是黑泥

忘了刚来的一丝丝寒意

嘴里叼着自己卷的纸烟

袅袅地冒着热气

呵呵，一条一条的大鱼

被甩进长桶里

收完棉花

今晚，家家户户饭桌上

都少不了鱼

爷爷和父亲喝着酒

奶奶和妈妈忙着喂猪

小孩子们捉着迷藏

像一条条到处乱跑的鱼

霜　降

月光洒在床前

以为下起了寒霜

抬头看看月亮

于是又想到了家乡

想起古代诗人李白的诗篇

他的离愁，他的孤独

现代城里人没有那样的体会

孩子们摇头晃脑

其实并不明白

就是他们的老师

也不一定有李白的经历

城市夜晚，灯火通明

月亮和星星早已成为记忆

不过，霜降时的寒意弥漫过来

跟空气掺和在一起

它不分城市还是乡村

在我的老家

此刻，许多庄稼都在做最后的努力

即将呈献给人类丰硕的口粮

望着大地上扑面而来的果实

我的父老乡亲，我的兄弟姐妹

喜悦的花儿开上了心头

晚饭桌上

最后一茬韭菜

被奶奶配上辣椒和毛豆

炒成一盘下酒菜

今年是个好收成

爷爷咂着自家酿的山芋干酒

幸福如清凉的月色

洒满大地

冬 之 谚（六首）

立 冬

冬天到了
寒意慢慢渗透身体
我们开始亲近讨厌了一个夏天的太阳

奶奶手里拿着线在捻
从屋里到屋外
又从院外到院里
东张西望，啥都不放心
母亲翻晒被子和冬衣
一根绳子扯在院子里
像是联合国开会

姐姐帮母亲打下手
以后，嫁人就什么都要自己来了
母亲的叮咛，我和妹妹也能听到
我们正在逗两只白兔和一只灰兔

用玩耍来对付饥肠辘辘

大黄狗坐在院门口

两只耳朵高高竖起

像一尊门神，谁也不敢靠近

它挡得了恶

却挡不住穷

爷爷在捣鼓几只土缸

那是泥巴掺和麦草摔打成的粮仓

去年的粮食一粒不剩

就像我们空空如也的肚皮

土缸张着大嘴等待父亲喂它

一副急不可耐的模样

看着叫人心酸

父亲在晒场最后一次翻晒粮食

麦子、玉米、高粱

每样都只有少许

他的泪滴渗进粮食

和粮食一起成为我们的养料

这点有限的粮食

无法喂饱土缸

当然，土缸也就无法满足

我们一家七口的肚皮

我们还是要感谢土缸

望着它，我们心里对明天充满希望

太阳有点愧疚

撵走身边捣乱的浮云

开始认真工作

普照人间，普照大地，普照自然万物

当然也普照我的身体

我浑身温暖

1976年的立冬

一个苏北乡村的小小少年

对着太阳敬礼

心里充满了感激

来吧，冬天

来吧，寒冷

来吧，饥饿

我们不怕你

我们心里装满阳光

更装着已经开始发芽的春天

小　雪

一年的第一场雪

总会让我们欣喜不已

麦种已经埋入大地

在泥土下面

抱团取暖

等待明年的春回大地

此时，眺望田野

到处灰蒙蒙一片

所有的庄稼都颗粒归仓

地窖里

土豆、山芋、萝卜

这些近亲

平时难得相聚

现在，挨挨挤挤

你靠着我，我靠着你

可以开怀畅谈

不分昼夜

青菜和红萝卜

被母亲撒上粗盐和花椒

不久就会变成霉干菜和萝卜干

直到明年冬天

它们都是一家人下饭的小菜

一场又一场的联欢会

风一样的旋律，在小雪的沙沙声里

树叶在联欢后告别母体

回到大地

笔直的树干

是田野的哨兵

小小的雪花

落在脸上

告诉我们冬天的秘密

大　雪

大地白茫茫一片
但不是每年的大雪都会下雪
起码在我的家乡江淮平原是这样
我们所熟知的二十四节气
许是冬天农闲时
先人们围炉总结时想出的二十四个标题

倒是伟人毛泽东气势豪迈
"北国风光，千里冰封，万里雪飘"
至今，响在耳边

教室的墙上挂着毛主席像
寒假前，我们最后一次朗诵毛主席诗篇
夜里，神奇的雪就来了
江淮大地
一望无际的麦田
铺上厚厚的羽绒

清晨，我睁开眼

巨大的惊喜扑面而来

无边无际的雪野

是我们玩耍的舞台

奶奶曾说过

我出生时

她梦见一匹长着长长马鬃的枣红马

我的乳名于是就叫鬃

刚好，那一年是马年

从此，我与马

有了割舍不断的感情

此时，另一个我冲出我的胸膛

那是一匹俊朗而彪悍的枣红马

驰骋在茫茫无垠的雪原上

驮着无数的火炬

那是一个乡村少年

熊熊燃烧着的梦想

奶奶坐在堂屋捻线

茅屋檐下

挂着几条干瘦的腌鱼

一块咸肉油脂早已风干

裸露瘦弱的肉

雪落，使它们臃肿

奶奶拿扫帚扫去不肯离去的雪

奶奶说

今冬麦盖三层被，来年枕着馒头睡

一场大雪

刚巧在大雪这天，如期而至

滋润干渴的麦子的梦

它们忘记寒冷，积蓄力量

来年

风调雨顺

谷物满仓

漫天的大雪也点亮了农人心头希望的灯火

人间，到处温暖

在那贫瘠的岁月里

大雪是我们治疗饥寒的一剂良药

冬　至

不论你来自北方

还是南方

在淮安，冬至这一天

水饺和汤圆，会盛在一个碗里端上桌

热气弥漫，浓情交织

我们，在淮安

在冬天开始的时候

一起过节

来吧，冬至

来吧，亲人

一只只水饺，像弯弯的小船

驶向家的港湾

围坐一桌

我们彼此是最亲密的家人

月儿圆圆

是亲人的思念

汤圆一个挨着一个

抱着对方，抱住温暖

在幸福的烛光里

我们紧紧挨着

爱着彼此

不会惧怕渐渐到来的寒冷

南方人说淮安是北方

北方人又把淮安当成南方

在祖国辽阔的疆域上

有着各种各样的气候

习惯上，还是分成南方和北方

淮安，处于中国南北地理分界线上

不管你来自南方

还是北方

不管你身在城市

还是乡村

在淮安

我们相互包容

共创美好

携手向前走

就像冬至

我们可以吃水饺，也可以吃汤圆

淮安是我们的家乡

小　寒

冷是一把刻刀
把树慢慢打磨
成为铁一样的艺术品
凝固在时间里

屋檐，雪融化
来不及滴落
就被小寒打制成一支支箭
锋利地挂在屋檐
若干个太阳
藏在里面
闪耀着冰封的土地

老人围在屋脚晒太阳
谋划明年的耕种、收割
孩子们斗鸡、踢毽子、摔跤
头上冒着热气
猪卧槽，牛羊倒嚼
粮仓里

金黄的大豆和玉米

青青的豆粒

黑黑的芝麻

趁着没人

叽叽喳喳

用一场又一场的争论

来抵御严寒

再冷的严寒

也冻不住大地上的勃勃生机

父亲感慨的话语

像一粒种子，种在我心里

大　寒

大人们忙碌着

在集市上购买年货和春联

杀猪宰羊

整个村子上空

都飘荡着肉的味道

结冰的河面上

一群孩子做着各种游戏

满头大汗

用头顶的热气

抵挡冬天这最冷的寒风

向春天发出愉快的邀请

天苍苍，野茫茫

一望无际的雪域下面

青青的麦苗

手挽着手，肩并着肩

挤挤挨挨的

做着黄灿灿的梦

大人们呼唤孩子回家吃饭

门上新贴的红对联

像长出了新芽

呼唤着春天

今年带老婆孩子在老家过年

大年三十的鞭炮声

二顺家的喜悦藏在里面

母亲告诉我，二顺媳妇生了双胞胎呢

双胞胎呀

我必须对二顺表达祝福

明天是春节，春天已经到来

面朝大海，春暖花开

我的祝福声巨大而长久

祝福二顺一家

祝福天下所有人

日子，芝麻开花节节高

幸福的日子比蜜甜

噼——噼——啪——啪——

忧郁的伤口

时光啊，多像一条小小的鞭

柔柔地抽打我苍老的心房

昨天我还在用自己的尿和着泥巴

现在，已成了泥巴

啊，绵绵不绝的乡愁

我另一道伤口

从春天出发

——献给中国民主同盟成立七十六周年

我们骄傲

我们来自一个光荣的组织

中国民主同盟

她，诞生于风雨飘摇的祖国母体

为中华民族的民主富强

七十六载

风雨兼程，不舍昼夜

她，从战火中走来

紧密团结在中国共产党的身边

朝着太阳升起的方向

不忘初心，奋勇前行

曾记否

国共内战的硝烟

弥漫神州

两种力量殊死较量

两种道路

将中国指向不同的明天

众里寻他千百度

于无声处听惊雷

民盟的先辈们

艰苦探索，冷静甄别

关键时刻擦亮了双眼

最终选择了光明

选择光明

就是选择了人民

和中国共产党坚定站在一起

与蒋家王朝划清界限

在建设新中国的道路上

一路放歌

作为民盟的后来者

我们永远难忘这样的历史画面

时间定格在1949年

天安门城楼上

毛泽东豪情万丈

向全世界宣读

他一生最得意的诗篇

中国人民站起来了

他的诗篇

感动四万万中国人

也震撼着全世界

我们骄傲

他的身边

站着我们民盟的先贤

从此

长期共存，互相监督

荣辱与共，肝胆相照

成为我们与中国共产党

共同信守的诺言

回望来路

怎能忘

社会主义建设的道路上

民盟人一腔赤诚

献计献策，建议建言

描绘祖国斑斓壮阔的彩卷

不能忘

改革开放的道路上

民盟人激情绽放

才思喷涌，热血沸腾

与中国共产党披胆沥肝

携手并肩

而今

江山留胜迹，我辈复登临

中华民族伟大复兴的中国梦

"两个一百年"的奋斗目标

当然

少不了当代民盟人的身影

光荣的历史激励着我们

美好的明天召唤着我们

热血

在我们每个民盟人的胸腔里激荡

我们骄傲，我们是民盟盟员

在新时代中国特色社会主义的康庄大道上

撸起袖子

我们豪情万丈

从春天出发

迈进共和国更加美好的明天

写满符号的新年

年关像个玉盘
元旦春节这些珠子
纷纷跌落

撕下最后一张日历
丢不下
沉重的思想，像颗颗种子
重新埋入心田

此年
幸福密布，手有余香
点点的快乐
迎春花一样开满枝头
有些人
带给我愉悦
丰富了我人生的行囊

此年

硕果垒成一座小山

许多许多事

终成经年的梦

也许真的，若干年后

回到故乡

坐在老屋的墙头

抽上一口土烟

冬阳如花

纷纷扬扬

那些遥远的数字

2013

像四只亮黄的小鸟

欢快地跳跃在眼前

而此刻

只想买一本新日历

过去已经过去

未来尚未到来

一切都归于历史和想象

2014

是四个活泼的逗号

在眼前不停地舞蹈

向我发出亲切的召唤

来吧来吧

有时，它们又成四个问号

新的一年

你的脚步在哪里

时光啊，多像一条小小的鞭

柔柔地抽打我苍老的心房

是呀，此刻，我很迫切

写完这首诗

我就要去书店

买下2014年的日历

在上面书写

我自己看得懂的符号

明天，我要忙碌了

——献给献血者

偷偷睁开眼

我竟然还能醒来

早晨，阳光灿烂

小鸟依偎在窗外说着情话

蚂蚁在地上忙碌地搬家

爱人坐在床头

手摸着我的手

脸贴着我的脸

疼爱的目光透着惊喜

清凉的泪滴

滋润我苏醒的心房

新的血液像刚出生的婴儿

在我的血管里

啼声嘹亮

蹬腿　　挥拳

挤眉　　弄眼

抓耳　挠腮

那些小小的孩童

在我滚烫的血管里捉着迷藏

呵呵，生命

一群激情洋溢的青年

奔跑在我绵长的血管里

呵呵，力量

呼吸里藏着露水的梦

新的生命开始新的旅程

呼吸

是多么美妙的感觉

可是

我差点丢了她

甜美里有庄稼的拔节

欣慰里有工厂焊枪迸射出的火花

惊喜里伴随学校孩子的琅琅书声

憧憬里满是蓝蓝的天空和洁白的云朵

还有浩瀚的星空

陌生的朋友

明天开始，我要忙碌了

工作，学习，健身，休闲

爱家人

爱朋友

爱自然这一切

感谢你给了我新的生命

我要珍惜

我的血管里

日夜不停地奔跑着你的鲜血

没有你火热的血

花朵就会凋零在昨天

明天，美好的明天

因为你的付出

我才有理由期待

啊！泪水涟涟的我

才能享受每天早晨

有一个伸伸懒腰的机会

我用最快的速度爱你

爱人

我爱上你了呀

你可不要逃避

爱人

我爱上你了呀

你可不要恐惧

爱情与爱情之间

本没有什么距离

就像我和你之间

这样的距离

如果有

也是心与心的差距

所以

我要用最快的速度爱你

只要一天

或者十分钟

然后

沉沉入睡

时光胎记

一束光带着叹息射过来
我目光灼痛内心恐惧

另一束光冲出我的身体迎了上去
呐喊者，他来自我的灵魂

一束光和另一束光纠缠
就像有双手在撕扯着我的心脏

两束光没分出胜负
像两块尖锐的玻璃在拼杀

光的碎片化成飘落的雪花
在我的背上蔓延

一匹枣红色的马
把我的背当成辽阔的草原

一不留神

一不留神
婴儿长出了胡须
可是他妈妈并没有害怕

一不留神
新娘的牙就掉光了
可是她曾经的新郎已经无法看到了

一不留神
昨天我还在用自己的尿和着泥巴
现在，已成了泥巴
泥巴交织着我的思想
那疯长的野草
是我飘扬的发

忧郁的伤口（组诗）

伤　口

头顶那个伤疤
是我九个月大时
从床上翻身跌落地面
打碎泥烧的尿盆
落下的

七月如火
大人们在庄稼地里忙碌
他们有心灵感应
我的细弱的啼哭
惊得他们失魂落魄
卫生室的赤脚医生说
再晚一步，孩子就没命了

如今，我常常摸着头顶的伤疤
这朵开了五十多年的花

怀念那时乡村的生活

奶奶的小脚和发髻

大伯的旱烟袋和二叔的犁

还有那飘向蓝天的袅袅炊烟

啊，绵绵不绝的乡愁

我另一道伤口

沉　默

土地已经不长庄稼

不长玉米、水稻和小麦

不长大豆、高粱

只长机场、高速公路、高尔夫球场

长高楼大厦，长流水线

我站在二十九楼的阳台

看着花盆里妈妈种的几棵麦苗发呆

望着天上的星星沉默

我沉默时

大地也沉默

沉默

是无声的呐喊

我 走 后

1

这一天迟早要到来

我还是早点告诉你吧

亲爱的，你知道的

世界是物质的，而我

是浪漫的

2

想我的时候

就翻翻我那几本书吧

亲爱的，那里有我的一丝信息

埋藏着我们共同的记忆

3

亲爱的，虽然
我的思想是浪漫的
可我的身体却是物质的
一定要送给需要的人
千万不要一把火就烧了
角膜、双肾、肝
总归有人用着
就是一把老骨头
学医的孩子，也可以
用来研究骨骼构造

4

我讨厌任何形式
不要看望，不要告别
也不要追思
想到我的时候
一句：他这个人哪
虽然我已经无法感知

但是，我已经知足了

过不了多久

我就会从他们的嘴里消失

再过一会儿，就从他们心里消失

我需要安静

5

留几根我的头发

用我的思想将它焙干、研末

撒在我常去锻炼的树根下

也许我的力量过于微小

大树不曾把我放在眼里

但我的卑微一定会感动大树

它迟早会吸收我

成为它的一部分

那是我最开心的时刻

我可以借助大树的力量

努力伸向天空

拥抱蓝天白云

夜晚来临，我可以

用露珠当酒

静静地数着繁星

6

而我，亲爱的

你应该放心

我来自尘埃

归于大地

我不是什么也没有

清风、明月很好的

还有阳光呢

每年清明时节的雨水

你要珍惜呀

是的，你珍惜就够了

不要问了

我走后

全世界都没有人能够告诉你了

故乡的树（组诗）

柳

池塘的四周

长着若干柳树

其中有三棵属于我们老李家

春天，它们伸出细长的辫子

以水为镜，顾盼生姿

而我们，这些农家鲁莽少年

将其摘下

编成花环戴在头上

用来勾引蝴蝶和蜻蜓

后来我进城读书

而后在城里工作

1999年

单位集资买房

乡下的母亲

卖掉我们家的三棵柳树

加上老宅

帮我付了城里房子的首付

现在，我在城里已经换了两次房子

关于柳树的记忆

越来越模糊

偶尔想起老家

柳树那枝条

在梦里轻轻地摇

桑　树

我的苏北老家不养蚕

自生自灭的桑树

在哪里扎根就在哪里长

直到变成床腿，或者桌面

更多的是进了灶膛，灰飞烟灭

至今，我还怀念老家的桑树

每年夏天

她都会长出无数个果实

紫红色，躲在绿荫中害羞

连着枝杈，连着躯干

连着深沉的大地

大地是一只硕大的乳房

有着源源不断的乳汁

桑树下，是我们的盛宴

我们暂时忘记生在贫瘠的苏北乡村

桑树的乳汁，陪我们度过一个又一个夏天

把我们的根扎进大地

泡　桐

难道是，昨晚我的一泡尿

唤醒了地下

熟睡的泡桐苗

今早，竹笋一样的小家伙

就长到我肩膀高了

泡桐是速生树种

三五年就能成材

可是，材质太软，不宜打家具

长成水桶粗也没人用来打什么

我家猪圈旁边

不知何时长出一棵

过几年又长出一棵

多少年也没人过问

如今，我只记得

每年初夏

紫罗兰色的一树花

是泡桐送给我的

风花雪月

楝　枣

枣的甜使人口舌愉快

它也叫枣

果实苦涩

牲口不吃它

鸟也不碰

猪圈旁边长着一棵

碧绿的果子渐渐成熟变为金黄

那是霜的功劳

严霜可以锻炼人

也打造楝枣

霜降后，母亲把楝枣收集起来

盛放在缸里

捣烂，用它来浆洗衣物①

一家老小的干净

全靠它

母亲不吃枣，对楝枣

情有独钟

洋　槐

家前屋后

随意生长的树种

却叫"洋槐树"

---

① 经济困难时期，苏北农民捣烂楝枣子当成肥皂用，楝
枣有去污作用。

至今，不知何故

再回老家，儿时举目皆是的洋槐树
一棵也不见
一同消失的
还有村庄上空袅袅的炊烟

只在喝洋槐蜜时
老家河堤上雪花一样的槐花
还会，香透我的骨头
那些记忆中的蜜蜂
嗡嗡，嗡嗡
沾上我的头发和脸颊
我知道，它们
不是来自我的家乡

灵　魂

有时候，我想离开他一会儿

像一阵烟

或者是看不见的空气

聚在他身体的四周

有时是一个问号

有时是一个感叹号

有时，是一个感叹号，还要再加一个问号

这时，我是飘忽的

我是非物质，是暗物质

是整个宇宙的特殊存在

是气质，是精神

不错，我当然是独立于他的

这种时候，这种感觉，常常会发生

我是他的气场

是他存在的理由

他片刻也离不开我

除非他睡着

除非他醉着

除非他梦着

这时我的心胸是膨胀着的

如果，我也有肉体的话

我是骄傲的，我是自满的

我是孤独的，我是狂妄不羁的

我从他的躯体里出来

我从他的胸膛里出来

我从他的头颅里出来

我高高在上

俯视他，就像大地上的一只蚂蚁

甚至，他是不存在的

而我，是具体的

是一棵树

是高山

是汹涌澎湃奔腾不息的海呀

呵呵，我甚至会瞧不起他

他只是一具骨骼

只是一具肉身

我凭什么要依附于他

凭什么

谁能给我一个说得过去的理由

可惜，我只是一团气

是他的灵魂

离开他，就是

一阵烟，一团雾，一口气

哪怕有一点阳光

或者有一阵微风

就会烟消云散

归于宇宙

不如，一粒尘埃

莲

我站在池塘的边缘
那朵初绽的莲
是池中一景
两只蜻蜓立在上面
说着前世的姻缘
阳光像金子一样
从柳树叶的缝隙中
洒落

一阵狂风
扯黑黑的大幕
席卷池塘
像是过了许多年
阳光，照样洒在池塘
水面多了凌乱的柳叶
蜻蜓没了踪迹
那朵莲也从眼前消失

我索性闭上眼睛，莲哪，莲

你没有消失

而是换了个地方

开进我的身体

端坐在我的心上

红 尘

有人会厌倦
春天

可是，没有一粒种子
不热爱春天

春天
万物生长，生机勃发
那河边青青的小草
小溪里欢快的鱼
草原，羊群，白云，微雨
大海里的每一朵歌唱的浪花
晨曦里读书的少女
产房里婴儿的第一声啼哭
明月，清风，男欢，女爱
哪一样不值得我们爱上一生啊

春天，红尘的大门口，人头攒动

盼望着，盼望着，春天的脚步近了

还有夏天，锄禾日当午

秋天，泡一杯茶，采菊东篱下

冬天，踏雪寻梅，煮酒论尽世间英雄

是呀，这热热闹闹的春天

才是四季的开始

高耸入云的大树

源于一颗种子

种子，大都在春天才会发芽

虽然，有人厌倦春天

春天却从来不会离开人间

小小的心（组诗）

形　色

行者神色匆匆

行者步履忙忙

他身披一件褪了色的袈裟

那褴褛的袈裟

行者结了晶的梦想和汗水

白花花地画在上面

走到一条小溪

行者停了下来

脱下袈裟

一头扎进水里

沉重的袈裟

躺在岸上

耐心地等着行者上岸

有一片叶子落下

怕它孤单

一片接一片的叶子跟着落下

小小的心

我决定整理一下自己的心

这颗小小的心

凌乱不堪，伤痕累累

早已不堪重负

整理后，我发现

原来，什么都是可以丢掉的

我只保留两件

一件是你

一件是爱

呼　唤

蓝蓝的天上

飘着朵朵白云

那是妈妈对我的微笑

妈妈，你放心吧
我会好好照顾自己

静静的夜空
星星在闪哪闪
那是爸爸向我眨眼睛
爸爸，你好好工作吧
妞妞一定会好好学习

白云听见了
会变成雨落在我手心
星星听见了
一颗一颗走进我的梦里

爷爷奶奶
我们去村口等爸爸妈妈吧
云朵飘起来
星星升起来
爸爸妈妈就要回家了

窗　外

目光，固执地离开眼睛
透过窗格追寻谁的身影

红尘滚滚
谁的心思柔弱如兰

十步之内
谁在等待谁的眼睛

与　风　语

有时像情人的手指滑过脸颊
有时像扫帚横扫落叶

我不问你来自何处
也不问你因何而来

风
我只要你拭去那遮掩的浮云

让明月的光照在我的心上

独　饮

你来，或者不来
蕴藉千年的这一杯浓情
时间在，它就在

你走，或者不走
我都会把你滴进酒里
拼尽一生的力气
一饮而尽

一只蝌蚪掉队了

夜里，阵阵蛙鸣声声激昂
搅动寂寥无边的黑

清晨，一群群墨团一样的蝌蚪
在小河里抒发生命的喧闹

在这温暖的春天里

在河边，看到蝌蚪

我撕下贴在胸口整个冬天的忧郁和悲伤

一只蝌蚪掉队了

掉队了，还那么悠闲

我趴在河边对它喊

快些呀，快些呀

你就要憋不住了

快要憋不住了

快要撑不住了

心像身体一样被层层包裹太久

快要爆炸了

是一个柳芽

发出挑逗的勾引

是一只鸭子

它背上一颗颗滚动的水珠

发出的邀请

小草跟你一样
奋力地挣脱大地的呵护
对着蓝天舒展着积蓄力量的懒腰

山脚下
小河边
旷野里
身体接触着身体
生命对着生命
呼吸和微笑
是共同的语言

跋

生活中每个人都是诗人

正像许多事情都是由一个接一个的偶然聚到一起，然后就成了必然一样，这本书能够出版，也不例外。

是不是诗人，要看他年老的时候

冰心老人说过："年轻的时候，会写点东西的都是诗人，是不是真正的诗人，要看他年老的时候。"

这句话第一次听到，是在二十多年前一次文友聚会的宴席上，著名诗人赵恺先生引用的。他告诫我们这些后辈一定要多看书、多思考、多积累，要厚积而薄发，不要为发表一两首小诗就沾沾自喜。

遥想当年，自己不到三十岁，年轻气盛，在报刊上发表了几首所谓的诗歌，并且在自己用白纸裁订成的光皮本子上已经写了五十多首诗，难道这还不算诗人吗？何况，当时已经有文友友好地称我为"李诗人"了呢！于是觉得冰心老人的话大有需要商榷的地方，颇有一些不以为然的意味，更是对赵恺老师引用这句话的目的表示怀疑。

岁月是沉淀浮躁的法器，不经过岁月的历练，人就不会成长。

眼下，自己年过五旬。历经几十年的岁月沧桑，在这个五光十色的人间，遇到许多令人感慨万千的事情，再拿起以前年轻时自己写的诗来看，感觉当时的想法真的是单纯无知，对于当时的那种自命不凡的想法，哪怕是私下里的、不为人知的，都实在是让人羞愧难当。

不过，怎么说自己也只能算一个业余作者。对诗歌的爱好，没有丢下，还是欣慰的。

从现在开始，慢慢步入"年老的时候"了，职业生涯应该让位于个人爱好了。把时间和精力多放一些在自己的文学爱好上，用写作来充实自己。

我勉励自己要多写，写自己的诗，写自己满意的诗，不管别人怎么说，首先自己把自己当成诗人吧。

丙申淮上秋

2017年年初，我加入一个我们当地诗歌同道建立起来的诗人微信群——丙申淮上秋。

这个群里只有十几个人，都是诗歌发烧友，不求成名成家，但求不负一颗热爱诗歌的滚烫的火辣辣的心，自娱自乐的成分多点。

加入以后，没想到这个群是个比较励志的群，诗友们经常在上面晒自己的作品，许多作品味道浓郁，诗歌感觉特好。我也就不害羞地贴了几首上去，没想到引来一片叫好声，这也极大地激励了我的创作热情。

每个人的新作贴上去后，后面就会跟帖，有赞赏，有批评，有商榷，让作者慢慢品味，这对于作者的诗歌创作，确实可以起到难得的提升作用。

后来才知道，这个群的宗旨是"赏识教育为主，自我成长为辅，共同进步为目的"。要命的是，群里每周都会有作业，有时这个忽然有了感觉说"红尘"蛮好，每人写一首吧，于是大家齐声说好，过不了几天，就纷纷交了作业。有时那个不知在哪里受到了伤害，在群里说来一首同题诗"失恋"吧，于是又勾起这帮老男人的粉红色回忆，作业就纷纷交了上去。

我在这个群里，在大家纷纷拿出作品的巨大压力下，也交了几篇，比如《年轮》，比如《灵魂》，等等。虽然是应景之作，但是事后看着，也是挺满意的。

任何文学创作，都不能单打独斗，要有一个活跃的氛围，有一群志同道合的战友相互激励。我很欣慰，自己加入了这样一个微信群，它激发了我的诗歌创作激情。

激情和灵感，是诗歌创作的必要元素。

二十四节气

这本诗集，共分为四个章节，其中有一个章节专门是写二十四节气的。

今年小满的时候，群里有人建议写一首《小满》。我一下子对这个题目来了感觉，很快就写了一首交上去。过两天，到芒种了，有人又提出写《芒种》，这个题目我也有感觉，也写了一首。

二十四节气是中华民族经验和智慧的结晶，较准确地反映了季节的变化并用于指导农事活动。同时，在漫长的历史岁月中，农历二十四节气也逐步演化成为中华民族特有的社会风俗和节庆。它里面有着悠久而深厚的传统，也闪耀着光辉灿烂的文化，于是，我产生了一个新的想法，为二十四节气每个节气都创作一首诗！

这个想法在我胸腔里激荡。那几天，我跃跃欲试。趁热打铁，一口气写了几首，给身边的人看，都表示赞许。有人说，二十四节气是非物质文化遗产，在全世界有着广泛的影响，写好它不容易，要有深厚的历史文化知识和诗歌创作功底。

不过，对于二十四节气，我还是比较熟悉的。原因在于，我在农村生活过十三年，苏北地区农村的许多农事活动及与二十四节气有关的活动，我在少年时期都参与过。

于是，我下定决心，要把二十四节气写全。为此，也下了不少功夫，在网上找了不少资料来充电。还好，历时四个月，终于把二十四节气的诗歌创作完成了。

完成了也就算了，算作自己的一大文学创作工程吧。当然，我的文学功底和史学功底都决定了我的二十四节气诗歌的浅薄性。不过，它贯穿着我对故乡和亲人的回忆，对农民和土地的感激。

中国诗歌网和春风文艺出版社

2017年4月，我找到了两个组织，一个就是上面说的诗歌爱好者微信群，另一个是中国诗歌网。

有一天，我闲得无事可做，就在网上搜诗歌的网站，结果就搜到了中国诗歌网，是中国作协主办的。看到上面还挺热闹，就注册了一个网名，进入了江苏频道，贴了一首诗上去。这是那一天下午四点钟的事，贴上去后，我在该网站津津有味地浏览时，接到市作家协会副主席龚正先生的电话，要我晚上参加一个诗人的小聚会。

没想到在聚会时就遇到了中国诗歌网江苏频道的副站长仲晓君先生。他告诉我说，下午把我发过去的诗编辑发出来了，并且作为今日好诗推荐在首页了！哈哈，真是太巧了。人生的神奇无处不在。

于是，我没事就往中国诗歌网发诗歌，到现在已经发了几十首。

本来我没打算出一本诗集，但是看到中国诗歌网上有一个消息，该网站正在和春风文艺出版社合作，准备征集一百本诗集出版。真是一个好消息！这又勾起了我遥远的出版诗集的梦想。

我的计划是，在2006年出版的诗集《带着爱情去散步》里的作品，一篇也不再放到这本诗集里。但是，2017年上半年的时候手里的诗歌离一本诗集出版的数量还太远。要想跟上这趟车，就要加油，在最短的时间抓紧创作出一批作品。

2017年我的诗歌创作又进入一个高峰期，这是源头之一。

一根不断抽打我的鞭子

我还要感谢一个人。这个人，多年来始终关注着我。

平时，我们见面甚少，但是，她一直关注着我的创作。

尤其是这几年，她为我付出太多。她比我还关心我，比关心她自己还关心我。我的每一首诗，都留下她的印记。每首诗在创作过程中，她都可以通过微信看到；创作完稿后，她又是第一个读者。每当一首新的诗歌创作完成，她都会欣喜若狂，点上许多个赞。她每天都在催促我，写诗吧，你的任务很重，时间很紧！

当我因为好几天没有灵感而消沉沮丧的时候，她给我鼓劲，给我信心；在我诗集初稿被中国诗歌网编辑退回来说字数不够打算放弃时，她鼓励我要抓紧创作，多出作品，早日达到出版社的要求；当我有一阵忙于社会应酬的时候，她随时警醒着我，要我不要丧失理想追求，要干自己该干的事，做有意义、有价值的事情！

　　我的文字里，永远住着你。

李利军

2018年11月13日